21世纪华语诗丛·第二辑

韩庆成 / 主编

孤独的芒果林

刺桐草原　著

黎明前的风一个劲儿薅我的头发
我喜欢这种感觉
我的左眼说不哭, 我的右眼却不肯

知识产权出版社
全国百佳图书出版单位
—北京—

图书在版编目（CIP）数据

孤独的芒果林/刺桐草原著. —北京：知识产权出版社，2020.5
（21世纪华语诗丛/韩庆成主编. 第二辑）
ISBN 978 - 7 - 5130 - 6843 - 7

Ⅰ.①孤… Ⅱ.①刺… Ⅲ.①诗集—中国—当代 Ⅳ.①I227

中国版本图书馆 CIP 数据核字（2020）第 047676 号

责任编辑：兰　涛　　　　　　　　责任校对：谷　洋
封面设计：博华创意·张冀　　　　责任印制：刘译文

孤独的芒果林

刺桐草原　著

出版发行：知识产权出版社有限责任公司	网　　址：http://www.ipph.cn
社　　址：北京市海淀区气象路 50 号院	邮　　编：100081
责编电话：010 - 82000860 转 8325	责编邮箱：zhzhang22@163.com
发行电话：010 - 82000860 转 8101/8102	发行传真：010 - 82000893/82005070/82000270
印　　刷：三河市国英印务有限公司	经　　销：各大网上书店、新华书店及相关专业书店
开　　本：880mm×1230mm　1/32	印　　张：6.125
版　　次：2020 年 5 月第 1 版	印　　次：2020 年 5 月第 1 次印刷
字　　数：65 千字	全套定价：198.00 元
ISBN 978 - 7 - 5130 - 6843 - 7	

自信、娴熟与成就

杨四平

21 世纪已经 20 个年头了。在中国文学史家惯常的"十年情结"思维图谱里，21 世纪文学已经跋涉了两个"十年"。这让我想起 20 世纪中国文学"三十年"里的头两个"十年"，那是其发生与发展的两个"十年"。相较而言，21 世纪头两个"十年"却是发展与成熟的两个"十年"，尽管没有出现像 20 世纪头 20 年时空里那么多灿若星辰的文学大家。我想，这也许不是文学文本质量的问题，更不牵涉文学之历史进化观问题，而是其传播与接受的差异问题。再过几百年，在这两个世纪各自的头 20 年，到底是哪一个世纪最终留下来的经典文本多，还是个未知数呢！

回望历史，关注动态，展望未来，百年中国新诗一路走下来，实属不易且可圈可点。20 世纪 80 年代中期之前，在启蒙、革命、抗战、内战、"土改""文革"、改革等外部因素影响下，中国新诗一直在为争取"人民主权"而战，中国新诗的社会学角色、责任担当及诗意书写成就辉煌；之后，在经历短暂之"哗变"以及为争取"诗歌主权"之矫枉过正后，中国新诗在"话语"理论中，找到了内与外、小与大、虚与实之间的"齐物"诗观，创作出了健全而优美的诗篇，同时，也促进了中国新诗在当下之繁荣——外部的热闹和内在的繁荣！显然，这种热闹和繁荣，不仅是现代新媒体诗歌平台日益增长的文化与旅游深入融合导致的诗歌活动之频繁，诗人、诗歌的"自传播"和"他传播"之交替，更是中国新诗在"百年"过后"再出发"的内在发展和逻辑之使然。

当下的诗人，不再纠缠于"问题和主义"，不再困惑于外来之现代性和传统之本土性，不再念念于经典和非经典，而是按照自己的"内心"进行创作，其背后彰显的是当下中国诗人满满的文学自信。

正是有了这份弥足珍贵的新诗自信，使得当下中国诗人在进行创作时能够"闲庭信步笑看花开花落，宠辱不惊冷观云卷云舒"。如此一来，当下诗人就不会徘徊于"为人生而艺术"或"为艺术而艺术"，也不会计较于"为民间而诗歌"或"为知识而诗歌"；进而，他们的创作就会写得十分"放松"，而不会局促不安，更不会松松垮垮。因此，当下，一方面诗人们不热衷于搞什么诗歌运动，也淡然于拉帮结派；另一方面诗评家也难以或者说不屑于像以往那样将其归纳为某种诗歌流派或某种文学思潮。即便有个别诗人仍留恋于那种一哄而上和吵吵闹闹的文学结社，搞文学小圈子，但是那些毫无个性坚持且明显过时的文学运动在新时代大潮中注定只是一些文学泡沫而已。

用文本说话，让文本接受历史检验，纵然"死后成名"或死后成不了名，也无所谓。这已成为当下中国诗人的共识。所以，当下中国诗人专注于诗歌文本之创作，一方面通过内外兼修提升自己的境界，另一方面砥砺自己的诗艺，以期自己的诗歌作品能够浑然天成。伟大作品与伟大作家之间是在黑暗中相互寻找的。有的作家很幸运，彼此找到过一次；而有的作家幸运非凡，彼此找到过两次，像歌德那样，既有前期的《少年维特之烦恼》，又有后期的《浮士德》！所谓机遇，就是可遇而不可求，但"寻找"却要付诸实践、坚持不懈。我始终坚信：量变是质变的基础。这一定律，对文学精品之产生依然有效（前提是"有主脑"的量之积累）。那种天才辈出的浪漫主义时代早已一去不复返了。值得嘉许的是，当下中国诗人始终保持着对新诗创作的定力，在人格修为上，在文本创作上，苦苦进行锤炼，进而使他们的写诗技艺娴熟起来，创作出了为数不少的诗歌佳作，充分显示了 21 世纪初中国新诗不俗的表现及其响当当的成就。

我是在读了本套"21 世纪华语诗丛"后，有感而发，写下以上这些话的。在这十本诗集里，既有班琳丽、夏子、邹晓慧这样已有成就的名诗人，也有李玥、刺桐草原、汪梅珍这样耕耘多年的实力派，还有卡卡、杨祥军这样正在上升期，状态颇佳的生力军，以及蔡英明、李泽慧这两位 90 后、00 后新锐。他们各具特色的作品，使这套诗集内容丰富、异彩纷呈。祝愿我的诗人朋友们永葆自信、精耕细作，在未来的日子里不断给中国新诗奉献出新的精品力作，为中国新诗第二个一百年添砖加瓦、增光添彩！

2020 年 1 月底于上海外国语大学

目 录
CONTENTS

第二辑　想起过往，就认真痛一会儿

第三辑　天空因辽阔而孤独

第四辑　我安静得像叶片

第五辑 孤独的芒果林

第六辑 我想我是一匹马

第七辑　此时的秋天该是多么年轻

第一辑　下午喝茶好时光

下午喝茶好时光

早上大雨，下午放晴
窗前，几朵白云好看

庭院内，挂着几许秋凉
一觉醒来
喝茶的时间到了

客厅不大，红木圈儿椅方正摆放
大肚弥勒佛冲着门口微笑
观音在佛龛上颔首低眉，缄口不言

窗帘儿陈旧，但干干净净
阳光照进来，丝丝温暖

紫砂壶和茶碗儿摆在茶几上
经年累月，从不走样儿

喊醒老爹，叫上俩仨邻里
围坐一块儿
品茶，说笑，侃大山
满屋的热闹，舒畅

好友做东，相邀今儿晚上
月上榕树梢儿，把酒闲话好时光

三月，十里起伏的小山村

万物都苏醒了过来
想起前年约定
樱花盛开，在南方
在期盼中
风把三月吹出新绿
我该如何表达
我多么像这一路上
火红的刺桐花

要么留住这景色
要么一往而情深

倘若把这场梦敲碎
该走的就走了
该来的还会来
天涯虽远，春光温暖
当我把所有的热情
洒在这十里起伏的小山村
一朝春露，染湿发梢儿

有风就云开雾散
有花就开满山坡

不畏浮云

草木闪出一条缝隙，让我有路可走
让我立于山巅，有风景可以眺望

面对汩汩流淌的溪水
狂妄少年，猛然间窥探出生命的玄机

整个人安静了下来
端坐在阳光洒落的石阶

充满禅意地写一首诗吧
读给自己，感谢万物的宽容和谅解

感谢释迦牟尼，和他的佛经
为我敞开了回家的大门

你们将头一次看到，这位
走出灰暗之人，褪去了光环

重又回到心灵纯净的人群
不落悲喜，不畏浮云

疲惫的人，枕着月色入梦

月光如白沙。晋江边上的那棵老榕树真美
庞大的树冠仿佛弥漫在朦胧的乳色中

清晨，一行白鹭隔着树缝儿在江畔滑翔
夜幕降临前，又一只接一只地聚拢到这里

夜虫们咀嚼着夜色，唱着歌儿
长长的江面鳞次栉比地点亮梦的空隙

我收拢了古城尚未燃尽的烟火
汗味儿，厨余，和叹息

还有梦，当人们把一天的疲惫捂进被单
晚安发给亲人，那些次第熄灭的灯光

恰是我，慢慢合上了眼睛

六点零六分

一天下午，我和我的影子
来到了祥和的承天寺
不为参禅，也不为悟道
只为寻一处安住当下的心情

老榕树枝繁叶茂，漏下的阳光
像洒落一地的金子
放生池游着几条开悟的大鱼
这里真是一块儿神奇之地
鸟语蝉鸣，入寺即静，如是千年

此刻，有一片凤凰花瓣儿
飘落在一位居士的肩头
我和一位敲梆子的僧侣在六点零六分
恰好看到了她寂然欣喜的表情

冰冻的河流

所有的河流都被寒冷冻住
哪儿都去不了

渔网在开春儿之前
撒不进水面

冷战的小两口儿坐在炕两头
打早上一直僵持着

整个晌午都快过去了
饭桌上只剩下一个空碗

真是急死个人，一个契机
就是迟迟不来

承天寺的一个午后

坐在一方
斑驳的石桌旁
听经，读书，远望

偶尔，会对庙沿儿上
或者放生池里的小生灵
吹一声口哨儿。它们往往是

几只白鸽，和一群锦鲤

薄　雾

在一位老渔夫眼里
河水太清了，什么都捞不上来

黄昏，周围茂密的龙眼林
渐渐向他靠拢

他坐在扁舟之上
取出心情和米酒，与老伴儿对饮

此时，夕阳正悄悄
躲到了远处的清源山背后

晋江上升起的一层薄雾
眼看就要漫过他们举起的胳膊了

心花怒放

下午刚洗完了衣服
我一回头，花就开了

紧张的节奏，忙碌的人生
停不下来的脚步

阳光下，让心情也回回头
世间便如花般美好

古厝，冬日暖阳

雨后放晴。适合晒被，晒鱼
晒一只打盹儿的猫，命令它蹲在主人身旁
就像老鼠，随时都会从厨房窜出来

冬日，阳光温暖。天上的云披头散发
一位怨妇，从潮乎乎的古厝走出来
边晾衣服，边骂老天爷

这位老公常年出海的怨妇
从来就没听她哭过

那天，我在咖啡馆消磨时光

天空飘着小雨。胭脂巷空空荡荡
我在一家咖啡馆喝咖啡，听音乐，消磨时光

结账时，老板娘说有人已替我埋单了
脸上透着坏笑，神秘兮兮地

她说：那人知道你身体某个部位有颗痣
豆粒儿那么大，让我转告你

我走出门外
雨停了，岁月忽然间像少年般羞涩

你的灵魂像月光

我的心
和你一样，只要活着
就热血沸腾
春天你发芽，我也发芽
秋天你收割，我也收割

月光下，影子细长
小桥流水
我和你，纯净又沉默

倘若我们不在人世了呢
心里的东西就飞出来
我这辈子就现了形，一个玻璃瓶儿
就能把我装起来

可是，你的灵魂那么大
像月光洒满大地

暴雨田安路

这场暴雨，浇透了
行人旁边的
行人旁边行人的
旁边行人的旁边行人的
衣衫

其实我只想说她今天的衣衫真美
而她旁边
那棵紫荆树上的叶子比昨天更绿了

后城，旧时光

午后，我坐在后城古厝的一个角落
佛乐，铁观音，女子的恬静，以及我
栀子花儿般清香的心

老榕树，旧时光
它们不理睬风尘，风吹雨打也不动心

顺济新桥

黄昏时火烧云挂在西边
远远地醉了一片天空
暗影投在清源山上
零碎的阳光斑斓落地

所有的善意都用来包容
而那座顺济新桥下，多年前
就收留了十来个异乡人

海鸥飞翔，晋江之水止于远处
凤凰花重新开满枝头

诸菩萨平静地注视着人间

逃 离

当谈吐和笑声充满了铜臭的味道
我就想到了逃离
寻一处纯粹的地方落脚

哪怕只有一截断桥，一棵老树
一条河流，和一舟渔火
眼光触及的景物足以令吾心宁静

它们喜欢沉默
就像承天寺里的和尚们
经年累月，一直练习打坐

沉默不是无话可说
而是想通了却什么也不说
我和这些止语的朋友们对视良久
突然打了个激灵

当我转身，一阵秋风袭来
它们用无上的清凉送我

想一只云雀

老藤椅，铁观音
窗外的暖阳，让我变为富足的人
但我从不炫耀，而是自得其乐

我经常用半个下午的时间，想一只云雀
一朵紫荆花。抑或我在这金色的十月
离它们不远，望着水墨般的清源山
和这些美好的事物，不分你我

若是刚好，一阵秋风吹落几片树叶儿
我会用手慢慢接住它们，而不任其飘落
啊，真的是这样。当我转过身来
我发现，缓慢流淌的时光里

窗台暖暖的阳光中
一盆儿三角梅上飞舞着两只小粉蝶

今晚，花好月正圆

今晚的月亮真好
它让我想起了家乡，远方的亲人
想起了故去的母亲，曲折的悲喜
而此刻，花好月正圆

也许彼此陌生，也许没有约定
举案相守相伴，抑或万水千山
朗月下，我们的心也是圆的

吃月饼、品香茗；穿过秋风、稻田
穿过森林、草原，穿过一座一座城
一颗一颗心；平静的呼吸下
朴朴素素地诉说衷肠
谈笑中有今年的收成
有科技的进步，有理想的生活
也有花鸟鱼虫，更有伟大的祖国

荷塘蛙声阵阵，山林白鹭安眠
今晚的月，是静、是暖、是抚慰
仿佛在倾听，也像在附和
它轻吻你的额头、心尖儿

抚着你的脸庞和泪痕

千言万语抵不过一句遥亘时空的呢喃
明月此时共，慈悲耀大千

你看那月光耿耿，照亮了每一棵野草
照进了每一位游子孤单的心田
今晚，你看那花好月正圆……

孤独的芒果林

池峰路 1 栋 711

当我选择离开的时候
就有新的租客住进了 1 栋 711
拿出手机，百度一下
楼下的池峰路
他们应该不会像我一样
时常临窗而望

昨晚十点与朋友微信里聊天
未能赴约的烧烤摊儿
仍然摆在那儿，无人看管
六楼，去年就渗水的水表箱
还在今年的楼道里，嘀嗒作响
那样的乏味，新鲜

至于生命中的那条池峰路
我已经不止一次来过
像是新发现的秘密，收获着惊奇
却从未过有过今天的欢喜
一次是在展览城站满是陌生人的公交站
一次是在尚未做完的中午的梦里

七楼窗外的风不知是停了还是停了
人生就像一次加冕
你手握权杖，唯独不说冬天
只要我从七楼乘电梯下来
拐个弯儿，就来到了池峰路

吾爱刺桐城

我从历史书上读到过这座城

我曾送弟弟读大学到这座城

我把母亲安葬在了这座城

我把我壮美的青春奉献给了这座城

十六年光景，我孤独、苦闷、彷徨、挣扎

头发一根儿一根儿偷偷地白了

在这古老、低调，而又安静的小城

我曾在春天立于清源山顶

回想往事，未来，以及生活

我曾在黄昏时漫步在西湖公园

陪着爱人和一天天长大的儿子

日渐冷却的少年的雄心，以后

从刺桐新村搬到乌洲村

从城北的城基路迁到城南的宝洲路

有一种滋味儿无可言说

有一种从容开始呈现

慢慢地，我爱上了这座城

当一行白鹭在晋江上空悠闲地滑翔

当风筝在中山公园高高飞起

当开元寺香云袅袅，僧侣们虔诚地唱诵
当从洛阳桥上走过的古人走成了今人
当一份沉甸甸地责任令我倍感珍惜
坚定，自信，成熟，默默耕耘

对于这座古城我知道多少
这座古城是否知道我曾来过
多年以后，爱她的人也只是回过头
绽开皱纹，朝着岁月浅浅一笑

第二辑　想起过往，就认真痛一会儿

想起过往，就认真痛一会儿

我从来都是听自己的
跌倒了，就干脆躺下来

有蓝天就看看蓝天
有乌云就看看乌云

如果什么都没有
我就闭上眼睛
听一只鸟儿从头上掠过

想起过往
就认真痛一会儿

一边想，一边痛
一边痛，一边想

那家咖啡店，灯光黏人

让我爱上诗歌的人
有一位仍然活在世上
只是早已不知去向，多年不见了
涛哥，一个高考连续考了三年的家伙
终于梦想成真，还有勇磊，死于车祸

那家咖啡店，灯光黏人
昨晚，和一位美女探讨人生
她就坐在我对面
我突然想起一句话
人活着最幸福的事儿是什么
那就是一觉睡去，醒来还能看到朝阳
问她，是不是这样
她若有所思，低下头
抿了一口咖啡，有一滴顺着嘴角儿滑了下去

我拿起刚放下的半杯咖啡
一饮而尽
剩下的那几十分钟

我的印象中只记住了
那家咖啡店，灯光黏人

春雨怀伤

一颗雨滴遇到另一颗雨滴
如同一位英雄遇到另一位英雄
开心流淌、驰骋，随即渗入黄土

说的就是你我
就像鸟儿刚刚飞过天空
就像当初什么都没有发生

人海中匆忙一瞥
不过是玻璃窗上滑过的一道水痕

冬天里的诗人

那年冬天我便成为诗人了
春天还对你说不是呢
是便是吧
好让我为你写一本关于冬天的诗集

写完时，秋来了，你走了，我便愁了
说好了这时相遇，不是说过了吗
走便走吧。临走时
你托秋风捎来枫叶还带走了那本诗集

那么你拿回去后一定看了
那么你看后一定哭了
哭便哭吧
但愿你能读懂那其中的故事

我说过，我为你才成为诗人的
我说过，我从此便不再是诗人的
不便不吧
但愿你能记住诗人在冬天留下的名字

等待中

等待中有几度风雨，几度秋凉
等待中有哭过的泪痕，月夜难眠时迷茫的眼神

有淹没在芦苇花里孤独的打鱼船
有柔美的南音缥缈

有凡夫想看也看不破的红尘
有杀猪小伙儿想放也放不下的屠刀
有浔埔女叫卖的两只海蟹；一片火烧云

我把它们，慢慢揉进了我的诗愁

他睡在残桥下闷声不响

晋江边上，那截儿坍塌的旧桥四周安静
从未有什么声响惊动过往神灵
夜色如墨，可以疗伤，可以麻醉自己
也可以睁大眼睛思念远方的亲人

而在黎明之前，那位中年人
只和自然界保持沉默，留给清晨的
是一张和你一样的笑脸

已入初秋，夜晚的灯光尚有温度
像是老母亲从家乡捎来的一句安慰
在乎冷暖的人，才在乎生活的这一细节

残桥只留给异乡人，在苍凉之处生出寒意
先人打鱼的地方，长了一棵古榕树
它长长的臂膀，罩住了残桥也罩住了他的痛

走着走着，就走进了夕阳

龙眼林里有倦鸟儿，萤火虫和藏在深处的孤坟
晋江岸边有滩涂，蒲草；水面上漂泊的几只渔船

我听说闯南洋的小伙儿趁着月色带富家的小姐私奔
我看见从接官亭走来的和尚，走着走着就走进了夕阳

多少次我感慨江边的刺桐花开，转眼又刺桐花落
多少次我感觉离开家乡不久，回首家乡已白发苍苍

别无选择地活着

晋江的河水，一度令我惊叹
在它鱼鳞般的起伏中，我仿佛看到
千万吨流淌着的宁静

河岸两边的丛林，靠沉默
以度经年。在某个桥头，我突然想
返回市区，找一家酒馆儿，灯光昏暗
然后用酒精麻醉自己

路过西街时，我再也没有抬头的勇气
开元寺那两座一千多年的石塔
高高在上。天空中，几只鸽子掠过
翅膀是看不见的微尘

我也不过是在人间别无选择地活着

草原，我想抱抱你

离开故乡久了，反而对故乡有了感觉
想家时，千言万语竟说不出一句话

别人讲过的，一概不想重复了
今天想起了草原：我想抱抱你

说实在的
我心里也只是想想而已

故 乡

有鸿雁飞过的地方才叫天空
有牛羊吃草马儿奔跑的地方才叫草原

隔着万水千山，只能想念
却再也回不去的地方才叫故乡

我的故乡曾有我挚爱的双亲。在梦中
泪水流过，鸿雁飞过，打马走过

夜虫嗨歌

仲夏之夜。我失眠
星星也失眠，江边那排齐刷刷
被人工刻意修剪过的刺桐树也没睡着

恋爱的夜虫们，爱过之后
什么都不愿意做。夜越深越兴奋

它们在大自然里嗨歌，消磨
短暂的生命。这般自由
还未被嫉妒的人类命名

江畔，那座沉默的坟

月亮沉了下来
抵达晋江

鱼儿跃出水面
呼吸，瞬间老去
接官亭边上的那片龙眼林
原本挂满星星的地方
漆黑而空洞

鸭子在水中默默吃草
水草在水中默默生长
沉默在沉默中掩藏了一切

你的一切都躺在江畔
而渔夫挑着灯，立于船上

月色慈悲

从庙宇传来的钟声，是问候也是提醒
而钟声再怎么悦耳，最终
也会选择沉默

夜晚，无边无际的宁静；月光
梦一般把白色洒在佛塔，榕树
和熟睡的凤凰花上。在天地之间
展示它无法遮拦的慈悲

有时，我想避开生活

活到这把年纪
早就听腻了人间的大道理
也不喜欢讲鸡毛蒜皮的琐事儿

心胸再广阔，我宁愿它是科尔沁沙漠
井水不犯河水，也不想燎原烈火

每天黄昏，我都沿江滨一路走着看江
看船、看水鸟、看失望的鱼竿儿
就是不想看人

人们的笑声太浪，嘴巴太毒
气味太冲；人潮滚滚
小屁孩儿们泥鳅般钻来钻去

我生怕撞上某个熟悉的姓氏
一把将我拉住
然后把我的感情灼伤

最初的我

此刻，映入你眼帘的
是所有的我

随和，愤青，世俗，色情
厚道，倔强，孤独，虚荣

有些词儿被我省略了，不再追究
现在的我格外平静
如大雨初歇

阳光中，黄瓜尖儿上吐着小黄花
最嫩最新鲜的那一截儿
多么像最初的我

遗　憾

我来自科尔沁草原
却写不好草原上的一匹马
它的性格，和它内心的世界

我也写不好草原，与草原一样的辽阔
驼铃声的远去和牧羊归来的心情
我很想写，可只有我一个人的身影
在南方跌跌撞撞

十七八年的光景了
我也没能写好内心的一丝痛楚
从一双巴望的眼睛，流下
激动的泪水，都具体得让人无比怀念

如是生活

那段儿怎么也晒不干的过往
已入深秋
老天爷例行公事般下了几滴雨
让半湿不干的日子更加蹉跎

娃儿尿了，水开了，手机响了
催促着她
一位新婚不久的小媳妇儿，撕开墙
撕开门，撕开菜园，撕开男人的背影
看到了一年前的她

这一天天忙的啊，恍如隔世

某些时候，内心的柔软被一语刺痛

如果你羡慕一只鹰的追求
首先要读懂天空
领悟它上方的辽阔和虚无
那是一种看似自由的束缚

不知是你忽略了时光
还是时光忽略了你
在一个寂静的午后，你忽然迷失
在蔚蓝的苍穹下，被一声梵音击中
五十岁，你突然想起了昨日，也想起了自己

你可能望见一群无名之马，就想加入其中
看到花落就伤悲，看到黑暗就孤独
而有些现实会让你哑口无言，你才学会感激
一次失眠，一次流泪的青春
一杯温暖而不会伤到你的咖啡

你知道朝阳就在不远的海面
但某些时候，内心的柔软被一语刺痛
你要感激，那个被你称之为娘的人
忙活在厨房里，坐在热炕头，围着你转

孤独的芒果林

于是乎，你明白了——

回到家，一颗心落了地，无论怎么样都好

初秋，我往前走

往前是泉州的钟楼和狭长的西街
再往前就是开元寺，空中飞翔的鸽子
眼前是路，初秋，是游子风中的一声呐喊

中间，是我举起又放下的五十年人生

草原之子

习惯了草原的安静
奔马，群羊和炊烟
这些低头不见抬头见的事物
在我熟视无睹之后
便掩藏了它们的美丽

当我长大，远离家乡十八年
草原在我眼前展现的是一片辽阔
河流，蒙古包是那样的真切，清晰
蒙古长调真长，穿越了五千里
来到泉州，直达我的耳畔

当我意识到以后再也回不到草原
当我闭上了眼睛，草原啊
竟是我流下的最后一滴眼泪

第三辑　天空因辽阔而孤独

天空因辽阔而孤独

马在河边饮水。辽阔的天空下只剩我一个人
是的，草原一点点安静了下来

我把我比作一朵云，然后躺在沙丘上欣赏
感觉像回看自己的前半生

在最孤独的时候
我放下了自己，让思绪飘起来

我的眼前是一只正在飞走的鸿雁
我的周围是看不见的草原

夜宿惠安城

凌晨三点，被同事的鼾声吵醒
月夜微凉，白色茫茫

路灯下，望着空无一人的街道
只有芒果树微微浮动

想到自己暂寄小城一角
天地，灯火，浮躁，虚荣
许多事物和我同事一样睡着了

也有一些事物，如夜虫和我
在黑暗中保持着清醒

人这一生，入世也罢，出世也罢
就像不远处那座与我对望的科山
和我一样，守护着彼此的孤独

今晚，我要感谢月光

大地上长着多少根野草
月光就会照到多少被忽略的人

秋风轻轻地抚摸着熟睡的稻田
桂花树下那位举杯邀月的中年男子
正怀念他母亲脸上一条条曲折的皱纹

漂泊在外，饱尝冷暖的异乡客
常常与月亮、落寞，和酒相依为命
每次想家的时候，都会叶落纷纷

感谢月光给予野草薄纱一般温柔的爱
感谢月光，在今晚拥抱了所有孤单的人

雪落旷野

我对一些远离尘嚣的事物
充满向往。比如闪电般驰骋的骏马
在草原的背影中缩成一粒黑点儿

在我散步的河畔
总有几只渔船泊在岸边
逝去的时光，星空一样遥远

草原也好，水岸也罢
那一两声嘶鸣或者呢喃
是雪落旷野，是一只只白鹭隐没山林

在这个冬季
我独自踏过这咯吱作响的雪地
我的那声孤独的呐喊，变成了雪花

犹如月光洒满冰河

母亲的草原

在闽南，我头一次这样写草原
头一次把草原写成我想念的母亲
她白发苍苍，弓腰曲背
推着冰棍儿车大街小巷的叫卖

她曾爱过的辽北，平安乡，四个儿子
早已成为岁月的旧衣衫
这位身材矮小的女人，推着冰棍儿车
在草原走完了自己的后半生

最后，她躺在彰武的太平间里
对草原始终都没来得及看上一眼

宏福园扫墓

车似长龙，行人如织
死一般清净的地方
这一天突然热闹起来，像赶集

他们手持鲜花，供品和纸钱
一套娴熟、简单而固定的动作
完成差事后的表情格外轻松

人间几多感叹啊
他们结伴离开时的背影
越看越像一座座移动的坟

船　说

午后，我坐在朋友家
一把厚重的老船木方椅上
四月的春色正浓
茶几上的旧诗集，梭罗的《瓦尔登湖》

湖面上漂浮着一条船
我仿佛看见了渔夫的背影儿
阳光穿透云层和丛林
洒在了他的脊背
像这把包浆的椅子的表皮
留下了岁月的痕迹

船儿即将远去
但我屁股下面的这把椅子
里里外外
我都能听到船桨划动水的声音
听到船被人硬生生地拆裂

这时，椅子发出了巨响
木料特有的清香，散发在房间

今天下午，故事中的渔夫

划着船，划过了我和瓦尔登湖

古老的西辽河

我无法得知那些老去的时光
落在哪一片死亡的叶子上
像开春儿吐出的树芽，长出新的姿态

孤独，适合飞翔或者落在悬崖
离开草原的人在茶杯里品着茶的滋味
我坐在清源山脚下，随意翻看着一本诗集
我仿佛看到了草原，也听到了马的嘶鸣

整段的岁月，分解成琐碎的时光
包括河流，芦苇和鸿雁
有意无意的一声叹息中我猛然想起
古老的西辽河，这条默默流淌的河流
正等候一个人骑着马涉水而过

血色黄昏

晋江的河水从几座桥下流淌着
落日总是准时赶来欣赏自己的倒影

蒲草，海鸥，茂密的龙眼林
瘦成一粒黑点儿的渔船

滩涂上进进出出的寄居蟹，在下午五点
和我一起，构成这片血色的黄昏

今夜，我想起了那只鸽子

十一月的泉州，天冷了。需要棉被
毛衣，和一杯热茶
夜晚的月光从窗帘缝儿钻进来
照在了一尘不染的床头
没有任何声响惊扰我熟睡的爱人

想起我在草原上放飞的那只鸽子
不知它是否别来无恙，是否如我
因为思念而在今夜无眠
还是打算找一户好人家安顿下来
筑巢，恋爱，繁衍后代

一想到它风中羸弱的身躯，我就惭愧
其实我也想变成一只鸽子
不管路途多远，明天就飞回故乡

眼　神

在外面奔波的儿女们
花钱给爹雇了一个保姆

他们的爱
全都被忙碌消费了

家里面只剩下
老人，枯井般的眼神

走成黑点，像一粒微尘

刺桐树宽大的叶片
在风雨中飘摇，呼吸着寒冷

行走在街上的人们
关闭了情感，和话题

当他们走到远处的尽头
走成黑点，然后

端坐在一棵树下
一直活着，像一粒微尘

孤独的花瓣儿

还有什么，比草原的天空更辽阔
这被敲打过的心胸

还有什么，比西拉木伦的河水
更诚实，这一个人的倒影

循着河岸的花香走吧
我们都按照自己的节奏踏上归途

还有什么，比远方的孤独
更像一片凋零的花瓣儿

七点一十的节奏

早晨起来，刮胡子、洗脸、刷牙
到阳台上，清扫落叶和灰尘

吃碗稀饭，赶紧骑电动车上班
经过一排树，一排树，还有
下一排树

左顾右盼，都是匆忙的人流
偶尔抬起头，朝阳已点亮了天空

所有事物，按部就班
好像生活就是例行公事

只有一个细节在生活之外

于很远的草原
望见牛羊，河流和炊烟

吾薄薄的一生
仿佛忽然之间找到了归宿

早春，那几片飘零的落叶儿

长大以后我很少流泪。但到了大叔的年纪
我的眼里常含泪水
凋零的花瓣，失去母爱的海鸥……

我拥有太多类似的记忆。我从来没有
从中悟到什么
但是眼前的神秘，令我升起虔诚之心

这世上并无神灵，可我却偏偏坚信
门前那几片发红的香樟树叶儿
恰好从她们的头顶飘然而落

酒后的清醒

我很少因为喝醉酒
而在后半夜醒来

看见月光照着晋江
几千吨，几千吨的浪费
一点儿也不觉得可惜

东方泛白。我忽然感觉
五十余年的虚度
仿佛一下子
被什么原谅了

惦记着你

一些寂静发出了声响，更多的寂静
掀开被子
睡在了我的梦里

我避开目光，沿着老哈河
从内蒙古一直向南，一直向南行走
从格桑花开到刺桐花落

因为惦记着你，我一直没舍得放下

有位菩萨从西街走过

凤凰树才被栽好，朱樱花红得诱人
老榕树八百多年已经很老很老
菠萝蜜树上结了几个大大的菠萝蜜

一株两千多年的桑树，叶子不疏不密
七八只鸽子，咕咕地啄着游客扔下的玉米粒儿

这是正月初二的清晨，有位菩萨从西街走过
细雨打湿了她的衣衫

夏天，一场雷阵雨

我看到了它们摆开的阵势
公交车压过的马路更加深刻

紫荆树更绿了
从田安路一直绿到刺桐路，冷不丁
谁都想不出更好的形容词

湿润的路面立马就干了。片刻的宁静
一位刚放学的小女孩，一个劲儿地
转动她手中的小花伞

此刻的心情

作为一个老男人
我从不刻意照镜子
只是从同事的玩笑中
判断自己的变化

胖了，还是更胖了
老了，还是更老了
或者从皱纹中，轻易被读出喜色

正如土拨鼠，从来都靠感觉判断春天
该开花的时候花自然就开了

我此刻的心情，就像蝴蝶在阳光下起舞

第四辑　我安静得像叶片

我安静得像叶片

四十八岁的年纪
我就觉得自己不年轻了
因为儿子已经长大
还因为八十岁的老爹一天天变老
从老，一直到更老

年轻的同事，
他们大多数时间，都不和我聊诗歌
他们有的当了爸爸
有的早晚也将成为爸爸

他们只想会议早点儿结束
之后打开手机
刷刷微信，看看
股票的颜色

我不像以前那样爱动笔了
我经常静静地，和爱人
沿着刺桐路一直散步到刺桐公园

然后再慢慢走回来。黄昏的时候

我安静得像榕树上的叶片

而所有人呢，都像风

爱如一座山

面对一个女孩
我半天没敢开口

其实，说几句誓言还不容易
送一支玫瑰，甜美的微笑
装得很绅士，很有修养还不容易

花前月下还不容易
柔情蜜语，挽着手在海边浪漫还不容易
难过了，把她揽在怀里缠绵一番还不容易

不容易的是
为她成为一座山。一辈子两个人
白发如雪，仿佛绽放的花朵

我正与满树的凤凰花独占清晨

你在眺望清源山，抓拍一轮漫过山顶的朝日
我已许久没有抬头，热风依旧吹拂东西塔
游人跪在佛像前开始吐露心事
啊，匆忙的脚步声，需要禅师的点拨

天空和鸽子互为暗示
山峦和布满西街的石头互为暗示

初秋过后我便不会发出这样的感慨
心中空无一物
我正与满树的凤凰花独占清晨

月色晋江

月光是顺着波纹照过来的
照着渔船，古桥，松软的滩涂以及
滩涂上保持高度警惕的跳跳鱼

说是江，其实就是一条河
远远望去，就像一位柔顺的母亲
看不到汹涌澎湃的生活
也听不到滔滔不绝的唠叨

母亲始终都是宁静的，伴着夜虫声
映射出星空、丛林和模糊不清的事物

温柔的河面

月光割断晋江，刀刃温柔
夜晚与群山泛着乳白色的宁静

从河中打捞上来的鱼
一次次被贱卖，身体缺氧

朴实的渔夫和妻子，其实他们
从来不缺少月光和爱

时光就像个比喻

一个周末。突然
又一场暴雨开花，偷走了
河面的心情。中午的小风吹着
一树刺桐花的痛，纷纷坠落
落笔之前，头顶的太阳
仿佛我打的一个比喻
赤诚，年轻，尚未世故

黄昏时，晋江恢复了平静
像调整呼吸的垂钓人。悄悄光临的
比如夜晚，比如死亡，和诱惑
一直在耐心等候。我越来越觉得
时光和鱼一样保持警惕，它胡须已白
不再惊慌

春季，下雨、下雨

行走在春天形容词般的字里行间

行走在樱花吐露风情的三月

该粉红色地笑一笑

多想一位戴着斗笠的惠安女，在海边

用扁担挑出一串蔚蓝的诗行

多想一场春雨淋湿衣衫，淋湿满山的竹林

多想淋湿鞋子，淋湿一叶儿扁舟

摇入女子吟唱的南音里

多想木棉花绽放殷红

七片八片九片

多想谛听雄鸡唱醒黎明

四声五声六声

多想湿淋淋地吟诵唐诗宋词

一遍两遍三遍

多想怀念远方，也怀念远方的亲人

多想淋湿家乡，也淋湿自己的心事

是的啊，多想在春风缥缈的季节

多想下雨，下雨……

老照片

下午，不经意间
翻出了一张爸和妈年轻时的老照片

爸和妈，在这张黑白色的相纸里
静静地坐了几十年
不勾肩不搭背的坐姿，不温不火的模样

我想当时，妈是冲着镜头
微微红起了脸。然后跟着爸
朴素地，简单了一生

而爸
除了清瘦的微笑外
肯定，还和妈说了句什么吧

好时光，就应该这样消磨掉

好时光，就应该是这样
在有意或者无意中，慢慢地消磨掉
比如奶奶旁边的那只泰迪犬
我们聊着聊着，它就眯起眼儿睡着了
比如这秋季，我一抬头，一片金黄的叶子
恰好轻轻地飘落在阳台

好时光，就应该是这样
在有意或者无意中，慢慢地消磨掉
比如在这样的午后，有人独自爬山
与自然拥抱、对话，然后感悟

而此时的我，什么也没想
和八十岁的老爹坐在房间里，静静地喝茶
有一句没一句地闲聊着
听着老人家，把人生的那点儿道理
在有意与无意之间，抖落出来

从老槐树漏下的阳光

兄弟啊，别不信
一粒大米，一颗尘埃
这些看起来微不足道的东西
也有须弥山般的巍峨

只要我们有爱，足够的坚强
在荒芜中，枯草上的一滴露珠
也能折射希望，没有过不去的坎儿

与你聊这些时，我正仰望苍穹
想起年轻时的一个午后：我们坐在树上
几缕微风拂过，谈论人生

从老槐树漏下的阳光
洒落脸庞

无言以对

阳光丽景小区每天都有很多人
走进走出，我都无动于衷

我已习惯守住内心的那份宁静
喝茶，思索，看鸟儿从天空飞过
翻开厚厚的书籍，又慢慢合上

有多少动听的道理真正拯救过我
有多少说教能在别人心里留下震撼
有多少关于生死的疑问最终找到了答案
有多少次敢于抛弃世俗，开始自己的独立行走

再也吼不出那一声动人的呐喊了，除了爱
再也写不出那些让人流泪的诗篇了，除了痛

你好，小鱼儿

这世界有多吵，就有多静
生长在偏僻的山村。一条小溪，当人们

悄悄地走在一起
总有一份悠然失而复得，总有

蓝色的蝶，围绕着你
问候，你好

你好，小桥下的波澜
活泼的鱼儿
你好，我清净的心，自在的风

八月，和友人游雪峰禅寺

打山上下来，站在蛇形拐弯处歇了歇脚
太阳透过禅寺的翘沿儿，洒下几缕慈悲的光

我看到菩萨从古老的红豆杉上飘然而过
燕子飞来时也看到了，滑落一声呢喃、几朵祥云

村头的石碾子

记得小时候，村头有个石碾子
在老槐树旁边的一块空地上
四周有残缺的土墙，破旧的木栅栏

它像块儿旧表盘，从早到晚
碾碎粮食、时光
推碾子的老人，弯腰，使劲儿
绕着小圆圈儿，不停地走啊走
把自己长了又短、短了又长的身影
在阳光下，碾碎

墙头，几株紫色的爬山虎
花开花谢，大概有几十个年头了

躺在梦境的边儿上

傍晚，高喊几声。远处的草原
就跑过来。小风很甜，在一座蒙古包前环绕

日落的地方。山顶
几道剑光刺向河流，牧民，和牛羊

黄昏似梦。我仰面朝天，躺在梦境的边儿上
白云蓝天，我想到了飞鹰，炊烟

芳草般的空气，几棵古老的胡杨

炒米，拌乌日莫

回想去年八月的一个早晨
杨勇和文俊请我吃蒙古风味儿小吃
炒米，拌乌日莫

我细嚼慢咽，我香甜的味觉里
有家乡——阳光，蒙古包
糜子的清香
有牧民丰收，牛羊在乌牧场山脚下
悠闲吃草的风景
那个时候，溪水潺潺，马头琴悠扬

于是乎，我新的一天
在身体里，满满的全是草原

江边遐想

渔船停在水面
我坐在岸边望着远处

大河壮美。暗色水流更像是
朦胧中，谁举起的一杯葡萄酒
我不轻易打开的心灵
很想和此时的心情开怀畅饮
人间苍凉而又美好

这是一段很庆幸被定格的画面
这是一个最该被铭记的傍晚
多么荣幸啊

我和夕阳，在这个时辰
隔着远山抱拳问候

混沌初开的爱

我轻轻抚摸过一枝玫瑰花
手中的刺儿，让我同时抵达
疼痛和快乐的极点

而怎样的忘怀具有
清洁的魔力，能使一颗心
回到混沌初开之时

苍茫，辽阔
那一刻，有天荒地老的爱
我和你，拥有着无边的月色

朝阳下的诗人

谁能认出小憩在躺椅上的
这片阳光，它半梦半醒
用甜美的意象微笑

慈悲的诗人，没有选择躺下
那也只是片刻的栖身之处
他把自己折叠成一张纸飞机
顺着窗口，扔出

此时，有农妇从楼前经过
他恰好落在了那人很大的菜筐里
里面装满了要卖的蔬菜
嫩嫩的，还挂着些许露珠儿

阳光挪开身姿
退出了房间
从墙角儿，移到了窗外

人过中年

年轻是一根被岁月啃过，充满牙痕的骨头
是清晨走在路上的一层薄雾
现在，我面带微笑
走南闯北，所有事情都能在心底摆平

从遥远的大草原，到眼前的清源山
每一天都如此的平静
对于年轻的赞美，已显得不合时宜
即使我心里有一万匹奔腾的烈马
也不会哒哒地发出声响

年少时，曾羡慕草原上燃起的一堆篝火
而如今，它只是几块儿沉默的红宝石
面对人们的调侃，它不再发出耀眼的光芒

第五辑　孤独的芒果林

孤独的芒果林

芒果林那边有条小河
阳光懒懒地照着

几个野娃仔，光着腚
在河里戏耍，看不清模样

那条窄窄的河啊，我若游过去
它就更窄了

我若和我的孤独，　起游过去
它就看不见了

多令人感伤啊！那几个野娃仔
咕咚一声，消失在黄昏里

鸟落枝头

若要深层次遐想一个春天
我是不如风的，也不如树枝儿

它在我胸前轻轻地掠过
它在我眼前承载着爱情

夕阳吻别了远山。叽叽喳喳
头顶上飞来两只鸟儿

不管落在哪个枝头
有了彼此，都是一个温暖的家

我看见

庙宇门口：我看见
几个老乞丐，矮个儿，驼背
微笑着乞讨。钟声响起

传遍大殿，榕树，和东西塔
下午四点，有一种卑微的生活
随着诵经声，长出了绿叶一片一片

天　湖

层林在山顶留出一点儿余地。火烧云
一会儿挂在天空，一会儿映入天湖

天上人间，互为虚实
互为禅意和解脱。我知道
一朵高高在上的浮云，看着看着就没了

另外一朵，一边做梦，一边褪色
什么也不说，什么也不想

就像眼前这座染着血色的清源山

远　山

拔尖的是蒲草，远山。更多的
是舒缓的时光
愚钝的是古松，石桥，和皱纹

半山腰，起起伏伏的云烟
令我迷惘的，是内心的尘埃，挂满
蛛网的老屋，我把它们打扫干净
然后推开小窗，迎入花香和鸟鸣

我想请入一尊菩萨，流年中
她赤脚，白衣，手中的柳条儿
已在我身边长出一片茂密的森林

我喜欢向下

我喜欢低着头走路
是因为
向上的东西太多了

向上的炊烟，向上的麦芒，向上的峰峦
向上的眼光
都朝着一个不可知的虚空使劲儿

还有向上的树木
向上的花朵，向上的高楼，向上的攀比
……

啊，向上的东西太多了
我一定要低着头向下，寻着山谷的巨响
看到瀑布，砸下壮美的浪花

十七岁，子夜读书

或许，我渐渐淡忘了年少时的我
现在静下来，回忆漫上来

记忆中，闪现出我十七岁的一个子夜
想起了恐怖小说里的惨叫
文字是无声的，却让人汗毛倒竖

鲜血从一页纸上渗出来
主人公逃不出惨死的结局

于是赶紧读春暖花开的句子
竟能闻到一股股花香

翻到有小虫子爬过脖颈子时
皮肤还感觉痒痒的

期待黎明的一声鸣叫

我是我深秋时一颗金黄的玉米
我是我心情折射的一缕阳光

我是微胖的大叔，和他逝去的年华
所有的绚丽
我是我的身外之物
我是我曾经读过的一本小说
蹚过的池塘，泥鳅，和口哨

是母亲的乳汁，和婴儿阵阵的哭闹
是黑夜中，风吹雨打之后的一只鸟儿
期待黎明的一声鸣叫

浴　巾

空落落的房间里
有一把老红木圈儿椅

一条粉红色浴巾，潮乎乎的
被随意，搭在半圆形的椅把儿上

群　山

群山是沉默的
永远都活在沉默中。沉默
是它的语言

比群山更沉默的是山上的丛林
站着睡觉，修行。在一棵树
与另一棵树之间隔着万语千言
在生长的年轮里一圈一圈长出金子

沉默从止语开始，汗水一点一滴
从额头、面颊，一直流到脖根儿
生活在群山的沉默里
孤独是迟早的事。还有那些活在山里
也死在山里的水仙

喜爱每一朵花的脸庞，渗入骨髓的痛
浑身发冷的寂静。身披一山烟雨
河流蜿蜒，消失在远处的黄昏

幸好猛虎一直替群山说话

每天它都怒吼几声

让群山一次又一次地听见自己

初恋时光

当爱情敲门，我们就把门推开
看见鲜花，珍珠般的誓言

还有海滩，轻吻，浪漫
以及夜晚，染着月光的大街小巷

我会为每一个春天练习惊叹

清晨，春雨又开始廉价地下
昨晚有一位菩萨
对这几天的夜晚抽样调查
据床如实反映，梦境尚佳

满山樱花的命运在这个时节
开始扭转，羽化成仙
倘若三月的风有足够的耐心
吹起一片落在地面的花瓣的话

我发誓会为每一个春天
练习惊叹
包括眼前那朵死亡的，或者活着的
鲜红的刺桐花

秋雨，像一百零八颗烦恼

在我蜗居的这座闽南小城
此时，秋雨像一百零八颗烦恼
飘落下来，我把它们一颗一颗收好

串成佛珠。忧伤时念，不忧伤时也念
嗡嘛呢叭咪吽……云雀和小燕子开悟后
抖动一下坚强的翅膀，飞走了

很远很远的山沟沟里，我看到
镰刀在一茬一茬地收割水稻
渔夫撒网时的孤独拍打着金色的海岸

雪中的阿达

那年冬天下雪。很大，也很冷
阿达打来电话，路滑，货车撞到了大树上
坏了，开不动，语气很急

赶紧穿上羽绒服，忘了戴手套
雪花在天空中飞舞，像柳絮

看到阿达，一个大男人搓着手，蹲在车旁
当时很想笑，笑他像孩子一样的表情
无辜，又着急
急着跟我讲述事情的前因后果

我们借来千斤顶，找来几块儿砖
垫在车轮下
轻轻一推，车就动了
我们会心一笑。眉毛和胡子上都沾着雪

阿达离婚了。突然觉得离婚后的他
越来越单纯，越来来闲不住
也越来越害怕孤单了

我在回忆中归来

想起草原，那绿油油一望无际的辽阔
或许这就是我为什么必须回来
拔地而起的高楼显得格格不入
而它们和我都是暂时的

这座蒙古包里的灵魂是不是也有烦恼
是不是也渴望得到亲人们的慰藉
夕阳染红了半边天
我已在屋里独坐了一个时辰

秋风摇曳着老白杨和小白杨
雨后的空气清新又凉爽
我在回忆中走过小时候的科尔沁

踩着小径上芳香的野草
我的身后是牧民、羊群、沙地
前面伴着晚霞和归人

田安路边的老奶奶

每天晚上路过田安路口
都会看到一位年近九旬的老奶奶
蜷缩在星期六宾馆的台阶上
像一袋儿被人丢弃的垃圾

行人的脚步没有惊扰她的梦
也许她根本就没有了梦
有时看到她吃捡来的东西
我也给她买一些牛奶和面包
她咧着嘴，满脸皱纹地朝我笑

今晚，老奶奶突然不见了
我怅然若失。回家路上
总感觉少了点儿什么

梨花的春天

聪明的梨花只负责绽放色彩
对春天从不说多余的话

梨花旁边的小溪却喋喋不休
它一开口，我就知道完了

这满园春色又被它说破了一次

傅家屯

有时不经意间，我会想起八十岁多的大舅
还有他家后院的那片沙果林
想起小时候玩耍时跑过的那条落满秋叶的毛毛道
沙果熟透时散发出一股一股的香味儿
以及那些奇妙的亲切感

听表哥说大舅家的那片沙果林早就被砍光了
表妹也在包头找到了工作结了婚
还听表哥说大舅家的后院建起了七层高的居民楼
记忆中的那片沙果林将永远被掩埋在楼底下
只不过，傅家屯还叫从前的那个傅家屯

孤独的芒果林

企　鹅

你看，风有多轻，从耳边拂过
从不执着于谁；云朵有多轻
如梦似幻，宛如禅意；水虫有多轻
它在湖面轻盈跳跃，游奔，自由自在

大雁有多轻，想家了就可以穿越。你看你
虚荣，傲慢，故意迈开的绅士步伐
以及你追求的东西

你空有一双翅膀，终因心思太重
想飞却飞不起来

山谷中的小溪

我欣赏它隐藏于深山密林

但不迷失方向，和途中遇到的湍流

沙石及风雨。我不知它的来处和去向

我只逗留于其中的一段儿

那截儿蟒蛇般的蜿蜒与明亮

喜欢它的清澈见底，泥沙俱净

它的秉性就是不张扬，沉默而简单

喜欢它忍受的孤独，低调；喜欢

它洗刷过的各色大大小小的鹅卵石

还有途中哼唱的清淡小调儿

特别是初秋来临，弯腰的蒲草

试图把几只野鸟儿射向天空

而更多的树丛在低吻，恰如恋人间的忘情

很多时候，我想象源头有一个人

出口有一个人，和站在中间的我一样

同时爱上山谷中的这条溪流

我们三个会不约而同，把手伸入水中

　　掬起一捧水，一捧水，又一捧水

　　惊醒于这流水的短暂与深刻

第六辑　我想我是一匹马

我想我是一匹马

在海边坐着的时候，我想我是一匹马
这种念头有一段儿时间了
我只崇拜草原，世俗与我无关

这之前我要为自己写首诗
在太阳露头的刹那，让耳朵听到
诗歌里发出的一声嘶鸣

不要惊醒沉睡的蒙古包，梦中的孩子
这时的天空依然是一块儿黑布
星星让我想到了记忆中的那片羊群

黎明前的风一个劲儿薅我的头发
我喜欢这种感觉
我的左眼说不哭，我的右眼却不肯

暮　归

大漠空荡。牛羊沉寂
牧草倒在风中，像人在尘世飘摇

山冈下，穿蒙古袍的老阿妈
挥动着鞭子，苍鹰挥动着落日

傍晚神秘难测啊
一条河把牧场弯成了问号

夜色染黑了天空一片
草原上，只有风吹动马灯

三月，春雷滚过草原

这是从哪儿吹来的风
带着眺望

三月，春雷滚过草原
我好像听到了心跳的声音

有位牧马少年正快马加鞭
跑进了春天，跑在了一朵云的前面

苜蓿草上的露珠儿

——怀念一头名叫恩多尔的骆驼

辽阔、空旷，草原是孤独的
马头琴声听起来像哭
苜蓿草上的一滴露珠儿
浓缩了恩多尔的一生

天苍苍，野茫茫
奔马，群羊，饥饿的狼
和草原上其他的众生一样
无非都在努力完成各自的死亡

草原，一万匹奔腾的烈马

我喜欢草原有很多原因
辽阔是一个原因
粗犷、野性是一个原因
把我养大，成人是一个原因
让自己感到渺小也是一个原因

不知何时，我的境界
能够像科尔沁草原
然后心中，再有一万匹奔腾的烈马

特快列车

在这条笔直的铁轨上
我坐着火车，一路地奔跑
铁轨不断后退
消失在目光看不到的尽头

有时候一座山从身边闪过
像一道模糊的风景
有时候突然钻进长长的隧道
又像生命中的一段黑暗
有时候听到列车的轰鸣声
我竟能听成是亲人的一声问候

我把这些当作旅途中的伙伴儿
在漫长的旅途中
有冷漠也有温情，仿佛人生

清晨我从厦门出发，要抵达夕阳中的通辽
路过将乐，我想起了我的同事肖衡
路过南昌，我想起了
曾在这里读研的外甥女周强
路过天津，我想起了我的两个亲兄弟

路过山海关，我突然心痛地想起了海子

因为这些人，由这些地名串起来的铁路
变成了一个我车轮下快速奔跑的家乡

醉卧蒙古包

干杯，干杯；吃肉，吃肉
面对我的蒙古族兄弟
那份豪情，那份爽快，斯文，体统
算得了什么

我们烂醉如泥，横卧在蒙古包
一副副狼藉的面孔
多么像大草原

老黑山

小时候，我看到的只是一个隆起的身躯

黑色的轮廓，像一大块乌云落在沙漠

鸿雁从北甘旗飞过了甘旗卡

在科尔沁草原，这是我看到的最远的风景

倘若我站得再远一点儿

就能看到一整座山的尊容

看清它长满山坡的杈把蒿，小白杨

一只山鹰的背影，和沙漠上流淌的荒凉

看清它一望无际的草场，零星的紫色的马莲花

倘若我能安静一些

就可以对这座山展开想象

想象它的孤独遥远，挂肚牵肠

想象它钻石般的湖泊，落日中的牛羊晚归

倘若我再静下心来，也许就能够完全读懂它

曾是一位少年的乐园，和再也无法还原的世界

在回家的动车上

我坐在回家的动车上
想象自己是一颗射出的子弹
剧烈的看不见的风，飕飕而过

有些风助我向前
有些风推我向北
甚至有一股草原味道的风
孃着我的耳朵，跟我说

它在某个牛羊点缀的山坡
藏了一树好吃的羊奶叶

从远处跑来两匹枣红马

喜欢看草原深处的一座蒙古包
喜欢看从蒙古包一侧，跑来两匹枣红马

一匹成熟的母马
一匹活泼好动的小马驹儿

喜欢看小马驹儿不小心掉进西拉木伦河
奋力地往上爬

喜欢看它死里逃生
惊魂未定，紧紧跟在母马身后

喜欢看它奔跑起来的样子
一溜烟儿，就不见了

喜欢看远处，染着阳光的西拉木伦河
然后从远处，跑来两匹枣红马

春　意

我写春意
就像我写这首诗歌，不动声色

把山谷，田野，油菜花
或者阳光等与春有关的元素，揉入到字里行间

在细微之处，不经意露个破绽。你读着读着
就能听到溪流，蜜蜂，和鸟鸣

有一只苍鹰在阳光中飞

午后，有一只苍鹰在阳光中飞
不知为何，我有一种莫名的激动

在草原，牧民们早已司空见惯
它就该在黎明醒来，在黄昏隐去

苍鹰用一双眼睛
就能在万米之外看清真相
而我近在咫尺，却与假象握手言欢

我多想模仿苍鹰
在天空中看清一只兔子
或者看清自己

祝福苍鹰
祝福天地之间这谁也不曾说破的神秘

蒙古汉子

草原如狼，如匪，如野性
数不清的是牛羊，是化作泥土和时光的祖先

几条蒙古汉子，父子，或者兄弟
在马背上飞奔，飒爽

强悍，不拘王法。有时，他们突然停下
马儿嘶鸣。似乎毫无理由，相互间摔打在一起

我想帮你拦住一条河

乌兰托娅，我不能跟你说太多话
有些蓝，有些马莲花，真的与你有关

我光着脚丫儿，想帮你拦住一条河
拦住一个叫巴特尔的赛马小伙儿

他有广阔的草原，和野生的味道

家乡的山里红

深秋，想起家乡
山里红熟了。串串火红，是我的记忆

在科尔沁草原
沉寂的，两座蒙古包后面

从老树根儿爬上来
金色阳光，穿透树梢儿

仿佛充满沧桑的老人的手
缓慢、轻柔地，抚摸着我

生命如斯

也许拿起镜子，重新照照自己是必要的
也许把心情打乱，重新组装是必要的

为了弄清生活真相
一次我还特意登上山顶，但有何用？

脚下溪水潺潺，逝者如斯
空中白云朵朵，如梦似幻

生命在刹那间变化，让人来不及感叹

一个人跟自己微笑或者难过

一个人去登山
沿着密林野径，爬啊爬
一个人躺在江滨的石椅上
对着天空愣神儿

一个人玩儿微信，不知道该给谁点赞
一个人吃好成财
一碟儿青菜，一块儿牛排
一个人去远方，走着走着
突然就想起了爱人，和孤独

一个人，在南菜市
一个人在公交站，在新华都
在湖边，在出租车上
在烈日和风雨中
在意气风发后，在酒后的叹息时
在日渐增多的皱纹里

一个人喝茶
一个人读书思索
一个人跟自己微笑或者难过

一个人默默躺下，或者

后半夜，莫名醒来

赛马少年

冲破初秋的凉意
一匹黑马在黎明时奔腾
一匹黑马来自糜子熟透的草原

秋风野蛮，牧草枯黄
蒙古长调深情、绕梁
俯身，操持缰绳的是一位赛马少年

天生就注定有这闪电般的驰骋
他血液里流淌的加速度
使人和马以死亡般的黑色向前冲

是什么样的呼呼声从身边掠过
是什么样的影子迅速往后退去
哦，是那来自耳畔的沙沙的爱情
没人能够揣测这夏天般远去的身影

太远了，一匹黑马的命运
太远了，一个赛马少年的命运

夜晚来临

夜晚来临，温暖我的是万家灯火
勾勒出整座小镇。安静
温柔地撒落在红木圈儿椅上。我听见
繁华一个个剥落，摔成了粉末儿

夜晚来临，虚荣出没
开元寺的钟声震出了薄薄的禅意
月光照进窗台。您如一位了悟的高僧
一开口，就征服了整座小镇的耳朵

市井的清晨

初秋的朝阳像个中年人
不急不躁升起来
点亮了睡梦中的城市

远处红墙红瓦，白色翘沿儿的古厝
近处潮乎乎的大街小巷
以及默然不语的古树苍槐

走在街上的人们，挂满睡意的脸庞
无家可归，来回奔跑的流浪小狗
似乎经年累月，如出一辙

这时，一定有一位驼背老人
咳嗽几声，赶早儿起来
推着垃圾车离开简陋的居所
在他家斜对面，一定有一位憔悴的产妇
正露出乳房，喂着嗷嗷待哺的婴儿

一定有一位卖菜大妈
日出时，浑身透着汗臭味儿
睁大急忙的眼神，骑着菜车奔向市场

一定有一位幡然醒悟的杀猪小伙儿

一声轻叹之后，却因自己初为人父

舍不掉那红尘，放不下那屠刀

般　若

鸟儿明白了般若
就从枝头，扑棱一下翅膀
噌一声，飞向了天空

小溪明白了般若
就一个劲儿，哗哗哗哗
欢快地往下流淌

鸟儿知道了向上，不说
小溪知道了向下，不说
只有人类不知道

大千世界，玄机重重
他们在背后，口若悬河

午后发呆

午后醒来，发一会儿呆
冲着桃树下那对儿猫咪情侣
喵地一声问候一下

时光，尽可能慢下来
景色，不要一下子阅尽
留一丝想象给明天
留一丝春意给郊外的山林

让日子成为流年吧
让我们在忏悔中醒悟得更早一些

第七辑　此时的秋天该是多么年轻

初秋的柳叶儿

当船桨扎进西湖的心脏
我就爱上了那片投水自尽的柳叶儿
轻轻地打转，迟迟不肯沉没

是啊，儿子都长大了
我也是按部就班地衰老
只不过，此时的秋天该是多么年轻

秋天，糜子熟了

低头的糜子穗儿，以及漫山坡的金黄
长在地下的马铃薯依偎着泥土，等待醒来
等待一场秋雨的滋润，滋润着初心

羊群的气息，牛粪的味道
与眼前的景色多么的搭调儿
我的鼻子就是这么的好奇

远处飘着一层薄薄的雾
草原，那些忠实的树
守望着这一片沉默的糜子地

这时的牧民都成了诗人
他们割倒一排排的糜子，就像整齐的诗行
飞翔的小鸟儿，让天空充满了歌声

我走在这深秋时节
带着美丽的心情，深入到这片糜子地
深入到糜子顶端每一粒成熟的细节

风吹过老牛的耳朵

朝阳点亮了潮乎乎的草原
风吹过老牛的耳朵，像吹开了蒙古包的门

散发着草香的大地上，屎壳郎熟练地推着粪球
天上的鸟儿，扇着翅膀，歌声清脆

我立于远处，觉得自己是多余的

孤单的老马

一对儿枣红马
在西拉木伦河边
饮水，摆着尾巴，秀恩爱

午后的阳光爽得不行
唯一的落寞
就是远处那匹孤单的老马

望着初秋，时光一样缓慢
此时，没什么是不安静的
它一边抖动几下鬃毛，一边默默吃草

秋声赋

秋风起，田野一派金黄
落叶很美，近在眼前
用不着描绘，也用不着想象

河水汩汩流淌
用缓慢的节奏打发午后的时光

从不管我们是否有过忧伤，也不管
我们是否从河边踏进了庄稼地
徜徉于那片弥漫着芳香的红高粱

山鹰，一道柔美的弧线

一只山鹰，没有在黄昏时隐没山林
而是在天空转了一个弯儿
秀出一道柔美的弧线

生命中
能如此优雅地转身令我惊叹
因为风驰电掣般的东西
要想回头是很难的

比如草原上一匹脱缰的烈马
比如一位被生活所迫的人发出的怒吼

一线阳光

多少事儿，看开了
也就淡了

令人刻骨铭心的
反而是生活中的一些细枝末节

比如水鸟，渔船，伴着海腥味儿
浔浦女头上的一线阳光

我的小城，声音轻柔

全中国的高楼

都在眺望 GDP，和小康

生活在这座三线小城

我们是一群与世无争的蚂蚁

她讲起了从前

讲到了刺桐草原，写诗的浪子

像草原之王静坐在微风吹拂的河畔

阳光垂钓，鱼贯而出的人群

讲到了古城所有的菩萨

在同一个午后，和我一起沉默

讲到天后宫南边古城墙上

一块儿极有个性的石头

我的小城，声音轻柔

轻柔到月上榕树梢儿时

从古厝里传来的一曲南音

岁月，一只纯洁的海鸥

当我们猛然觉察

它早就轻轻地，从晋江之上掠过

静静的湖边

黄昏，雨停了
几只水鸟儿，像天空的孩子
在渔船周围飞翔

渔夫的女人，在湖边整理渔网
她和蒲草，落日的余晖相互呼吸
她安静的样子
和大自然多么地一致

此时，蛙叫了三两声
她身边的风，在胸前微微吹拂

下午，我在承天寺沐浴阳光

坐在承天寺的石桌旁
坐在一棵弯腰的龙眼树下
皱纹一道一道
被岁月刻画，被风雨浸润
我渴望沐浴阳光

推敲了许多词语
才揉成这么短的诗
字里行间，找几条鱼尾纹
一双模糊的眼神
它们都渴望沐浴阳光

清脆的鸟鸣按摩着皱纹
柔和的禅乐洗涤了我的眼睛
我的诗，每个词
在你的呼吸中徜徉
谈吐之间会溜出来沐浴阳光

带着口香糖的味道
带着凤凰花吐露的芬芳
每一个词都是一个爱

此时，吟咏一首诗歌已不重要
重要的，是我和你一起沐浴阳光

静候着

初秋，二楼窗台上
月光从窗帘的缝隙中钻进来
鸟儿悄的，细长细长

我刚好躺着，我健康如昨
我没有念想
牵挂。猫和花儿躲在了安全处

这季节，我总觉得有人琢磨着
要不要把我收入囊中
我静候着，不敢轻易发出
半点声响儿

谁能参透镜子

举起和放下，看淡或看破
总有一些动词
而其后总有一个世界，比我们
语言的虚无
脑门儿上那颗颤栗的汗珠
来得强大，真实

此时此刻，我们用热烈的眼神
注视着那片满是伤痕的镜子
镜子正面的人生，背面的水银
密不透风

花开也对，花落也对

人间那些是是非非
说轻不轻，说重不重

当把万里浮云一眼看开，我就知道
这种阳光，这个年龄，这份心情

在此刻
花开也对，花落也对

海带，阳光，咸咸的风

清晨，那位挑着扁担的惠安女子
踩着海岸线。十几条渔船泊在了码头

天色金黄。她的一只鱼篓里
装着几只海蟹，许多九节虾，海蛎
另一只鱼篓里装满了海带和阳光
装着咸咸的风
也装着她的笑容和心满意足

她疾步如飞，瞬间消失成一个点儿
一行白鹭划过远处的山林
此时的海面金光粼粼。她身后的空白

被波涛一阵又一阵地吞没

狂妄少年时

狂妄少年时，曾梦想
像侠客一样仗剑走天涯

我需要一首山歌
一个苍凉而孤独的声音

我需要母亲守在村口的眺望
借着夕阳和炊烟

我还需要母亲越来越清晰的样子
路走远了，我怕我早晚会忘掉自己

醉酒的阿呆

后半夜了。宝洲街上
除了暖暖的灯光外，不见人影儿

我扶着阿呆，就像扶着
黑夜般的瓷瓶

微风送来一缕一缕的夜来香
让脸上的醉意，看起来更具喜感

街上的影子，一会儿长
一会儿短，一会儿又没了

我扶着阿呆
就好像扶着白雪茫茫

小　路

小时候，只要一下雪
妈妈就会为我扫出几条小路

无论从哪个方向回家
我都不担心滑倒

小黑驴儿

立秋那天我刚好在城里
但我喜欢的小黑驴儿在乡下

小黑驴喜欢的调皮鬼铁蛋儿也在乡下
他俩一直都乐意在乡下过活

乡下时光散漫
城里的秋天不像秋天
看不到秋收和草垛
看不到一片一片火红的辣椒和金黄的玉米

乡下就不一样，秋天一到
农民浑身是劲儿，汗珠和小鸟都在唱歌儿
这个时候
谁都拦不住小黑驴儿和铁蛋儿活蹦乱跳地撒欢儿

你比一叶儿扁舟，更像沉默

你比一叶儿扁舟，更像沉默
河流开始缩小，竹林缩小，灯火缩小
小到我的指尖儿上

春天不远，山歌不远
我寂静的脚步声儿不远

竹叶儿沙沙响

邻家大婶儿好像又在楼下谈论一个什么人
她经常慨叹谁家的幸与不幸

我趴在二楼阳台
盯着她那对银色的大耳环愣神儿

我听到竹叶儿被风吹得沙沙响
我想起她去年和前年的长嘘短叹

我看见窗外四季轮回的变换
不知不觉，已是血色黄昏
闲聊的人们不见了踪影

周围多么安静
楼下，是一阵竹叶儿的沙沙响

慢　慢

河水慢慢流淌，渔船慢慢划过
阳光慢慢落入鸟儿的梦中

我在江滨慢慢散步
龙眼树林下面，萤火虫慢慢飘来

夕阳，像半块儿蛋黄
一对情侣坐在长椅上，慢慢拥吻

一元硬币

一元硬币可以买瓶水喝
可以乘公交车回家
可以递给庙门口的老乞丐

百无聊赖时，也可以决定我生活的态度
正面朝上，坐火车回老家探望父母
反面朝上，约三五好友喝酒吃肉侃大山

万一它立了起来
我就戒酒，戒色，戒孤独
并且，永不再写诗

秋天也老了

假如只有阳光，是无法知道这世界有多美的
加点雷，加点雨，加点雷声伴着雨
还是来点风吧。希望它是来自那个初春

它肆无忌惮地吹着我
貌似汹涌，实则柔情
秋天也老了

这回该是谁日薄桑榆
谁又呱呱坠地

终有一天，我们会化为春泥

总有一天，我草原的马蹄
踏遍了八闽大地的山山水水
化为芳草。生命中
所有繁缛细致的褶皱
花鸟、鱼虫、石头，古老而锋利的棱角
傲骨，血性

总有一天
泉州的南音袅袅，佛声漫漫
在承天寺，将生与死忽然看开
我划着一叶扁舟，从晋江出发了
江水如碧，刺桐花红
清冷，温柔

总有一天，我和我的兄弟们
相逢一笑，紧紧相拥
亲情就是亲情
窗外木棉花，吹棉如雪
大醉后，我们枕着白鹭安眠
临水，而安

总有一天，我真挚的爱

如草原般辽阔，野花盛开

苍穹之下，我一定会引吭高歌

人生啊，人生，终有一天

我们会化为春泥

这熟透的桃花